LE CORRÉGIDOR

DE SÉVILLE,

MÉLODRAME COMIQUE EN TROIS ACTES ET QUATRE TABLEAUX,

PAR

M. HIPPOLYTE AUGER,

REPRÉSENTÉ POUR LA PREMIÈRE FOIS, A PARIS, SUR LE THÉATRE DE LA GAÎTÉ,
LE 7 OCTOBRE 1837.

PARIS.

MARCHANT, ÉDITEUR,
BOULEVART SAINT-MARTIN, 12.

1837

PERSONNAGES.   **ACTEURS.**

DON PEDRO EL CRUDEL.................................. M. DELAISTRE.

MANUEL FRAQUILLO, savetier....................... M. MONTIGNY.

PAQUITA, mendiante................................. Mme DANGUIN.

DON FERNAND HERRERA, corrégidor.................... M. ANATOLE.

DONA ISABELLE, fille de Bringas.................... Mlle MÉLANIE.

BRINGAS, riche marchand............................ M. PRADIER.

GUTTIEREZ, son associé (personnage muet).

PEREZ.. M. BRAZIER.

THOMAS VELASQUEZ................................... M. CAMIADE.

UN OFFICIER.

PREMIER ALGUAZIL.

DEUXIÈME ALGUAZIL.

UN APPRENTI SAVETIER (9 ans).

MARIQUITA, duègne de Dona Isabelle (personnage muet).

ALGUAZILS.

HOMMES ET FEMMES DU PEUPLE.

La scène est à Séville en 1360.

LE CORRÉGIDOR

DE SÉVILLE,

MÉLODRAME COMIQUE EN TROIS ACTES ET QUATRE TABLEAUX.

ACTE PREMIER.

Le théâtre représente une place publique. D'un côté, le portail de la cathédrale San-Antonio ; de l'autre, la tour Giralda. Au pied de la tour est adossée l'échoppe du savetier.

SCENE PREMIERE.

PAQUITA, HERRERA, FRAQUILLO, Alguazils, PEUPLE, HOMMES *et* FEMMES, BRINGAS, GUTTIEREZ.

Au lever du rideau, le corrégidor est au milieu du théâtre, et le peuple l'entoure en le menaçant. Paquita est appuyée contre un pilier de l'église. Fraquillo travaille dans son échoppe.

LE PEUPLE, *agité, furieux, turbulent.* Nous avons faim !... du pain !... Nous trouverons le blé qu'on cache...

HERRERA. Amis, écoutez ma voix ! Revenez à la raison....

LES FEMMES. Nos enfans ont faim, entendez-vous leurs cris ?...

HERRERA. Écoutez-moi, vous dis-je.

UN HOMME. Ventre affamé n'a pas d'oreilles.

HERRERA. Habitans de Séville... je vous parle au nom de don Pedro, roi de Castille et de Léon.

LE PEUPLE. Don Pedro le Cruel !... il ne songe pas à nous.

HERRERA. Vous l'ignorez : le roi est à vos portes, le roi arrive.

LE PEUPLE, *stupéfait.* Le roi !

Moment de silence.

HERRERA. Oui, le roi arrive. Il vient châtier l'insolence des mutins.

PAQUITA, *à part.* Comme le nom de don Pedro leur fait baisser la tête à tous !...

FRAQUILLO, *à part en travaillant.* N'ai-je pas entendu le corrégidor dire que le roi arrive ?

HERRERA, *avec assurance.* Voulez-vous donc que le sang coule à Séville ? Voulez-vous justifier par vos actions le terrible surnom que don Pedro n'a pas repoussé ?... Mais don Pedro le Cruel sera don Pedro le Justicier en promenant la hache sur vos têtes .. Il y aura dans la ville autant de piliers de bois, pour en former des gibets, qu'il y a de rebelles, entendez-vous ?...

Sourds murmures.

PAQUITA, *à part.* Pauvre don Fernand ! ta bouche se prête mal à de semblables paroles !...

FRAQUILLO. Comme c'est beau d'être corrégidor !

UN HOMME. Amis, courons au-devant du roi.

TOUS. Oui, oui... au-devant du roi.

L'HOMME. Demandons-lui du pain, il sera touché de nos souffrances.

TOUS. Oui, oui... au-devant du roi.

Tumulte ; on sort.

SCENE II.

LES MÊMES, *hors la foule.*

HERRERA. Ils s'éloignent... (*Aux alguazils.*) Suivez-les, et veillez à tout, empêchez les désordres... Songez que notre maître arrive, et que notre maître est terrible.

Les alguazils sortent.

SCENE III.

LES MÊMES, *hors les Alguazils;* BRINGAS *et* GUTTIEREZ *sous le portail ,* PAQUITA *à moitié cachée par le pilier, de manière à les entendre.*

BRINGAS, *bas.* Ces émeutes me font toujours trembler. Grâce au ciel, le roi sera bientôt à Séville... Ils ne pilleront pas.

FRAQUILLO, *à part, en sortant de son échoppe , et en imitant Herrera.* Allez! empêchez les désordres!... Il me semble que je serais un bon corrégidor... pour la VOIX...

HERRERA. Dona Isabella m'attend dans cette église... L'irritation des esprits l'inquiète pour mes jours... Elle m'aime!

BRINGAS, *bas.* Ah! sans l'arrivée de don Pedro, seigneur don Guttierez, notre association n'eût pas été sans danger pour nous....

Ils parlent bas.

HERRERA, *se retournant pour entrer à l'église.* Mais j'aperçois Bringas... Eloignons-nous un moment pour le laisser sortir... Il ne faut pas qu'il me voie parler à sa fille.

Il s'éloigne sans disparaître.

FRAQUILLO, *à part.* Voici les seigneurs Bringas et Guttierez. Ces deux riches marchands sont bien les chrétiens les plus juifs de toutes les Espagnes!

PAQUITA, *elle se cache pour mieux écouter.* O ciel! qu'entends-je! quel secret!

BRINGAS. Soyons sans crainte... le plus fort est passé; notre opération devient certaine à présent... Cependant il est prudent de rester sur nos gardes... le peuple est bien méchant, bien capricieux... et notre seigneur don Pedro l'est encore davantage....

Ils sortent.

PAQUITA, *quittant sa niche, et les regardant s'éloigner.* Est-il possible! mon Dieu!

HERRERA, *redescendant la scène.* Ils se sont éloignés, entrons maintenant auprès de la charmante Isabelle.

PAQUITA, *se plaçant sur le passage de don Herrera.* La charité, seigneur...

HERRERA. Retirez-vous.

PAQUITA. Vous ne reconnaissez plus Paquita, la pauvre Paquita...

HERRERA. Retirez-vous, vous dis-je...

PAQUITA. Vous êtes sans pitié pour la femme que vous avez aimée, à qui du moins vous parliez d'amour; pour celle qui crut à vos promesses!... La charité, don Fernand! sans vous, peut-être, je ne mendierais pas à cette heure.

HERRERA. Je vous ai avertie déjà; si vous continuez à vivre en vagabonde dans cette ville, je vous fais enfermer au couvent des filles repenties. Songez-y...

PAQUITA. Votre cœur est dur aujourd'hui que je suis flétrie par la misère... Mais, seigneur, ne m'ôtez pas la liberté, après m'avoir ôté l'honneur, après m'avoir détruit le repos de mon âme...

HERRERA. Je suis juste...

Il se dirige vers l'église.

PAQUITA, *en le suivant.* Vous n'avez pas un denier pour celle qui vous a tout sacrifié!... vous n'avez pas même la compassion la plus vulgaire, et pourtant elle peut, dans l'occasion, vous être utile, la mendiante! Vous souriez, seigneur corrégidor, le dédain vous fait hocher la tête... Dans ce monde, où tous sont exposés à l'inconstance du sort, il n'y a pas d'amis qu'il faille dédaigner, dans quelque coin obscur qu'il se trouve... entendez-vous, don Fernand?.. (*Il est entré dans l'église.*) Il n'entend pas! il est sourd à mes cris, il est aveugle pour mes larmes... Et pourquoi pleurer?...

SCENE IV.

PAQUITA, FRAQUILLO.

FRAQUILLO, *pendant la dernière partie de la scène précédente il a rangé ses outils; il a fermé sa barraque.* Là! tout est fini pour aujourd'hui.

PAQUITA, *à part.* Adressons-nous à l'artisan... (*Haut.*) La charité, Fraquillo...

FRAQUILLO. Voilà un maravédi, Paquita, et que le diable t'enlève!

PAQUITA. Que Dieu te bénisse, Manuel Fraquillo; un bienfait n'est jamais perdu.

FRAQUILLO. Merci, et bonsoir, je suis pressé.

PAQUITA, *l'arrêtant.* Tu quittes l'ouvrage de bonne heure.... Et où vas-tu donc comme cela?

FRAQUILLO. Je vais... je vais au-devant du roi, curieuse, adieu!

PAQUITA. Un instant... tu ne veux pas causer avec moi?

FRAQUILLO. Non!

PAQUITA. Tu n'as plus de douces paroles à me dire, Manuel?

FRAQUILLO. Oh!... et qu'est devenue ta rigueur, Paquita?

PAQUITA. C'en est fait, tu ne m'aimes plus du tout.

FRAQUILLO. Et par quel caprice te vient-il au cœur de l'amour pour moi maintenant?... Bonsoir!

PAQUITA. Attends.

FRAQUILLO. Le roi ne m'attendra pas pour passer, et moi je veux le voir... oui, ne fût-ce que pour l'éviter plus tard.

Il s'enfuit.

SCENE V.

PAQUITA, *seule.*

Il m'aimait, lui, il me dévouait sa vie... mais séduite par le luxe, j'ai préféré le gentilhomme, et voilà l'état où le gentilhomme m'a réduite... le ciel est juste.... j'ai été dédaigneuse, je suis dédaignée.... au moins, il est touché de ma misère, lui, le bon Fraquillo !... honnête homme !.... il me donnerait son dernier sou ; ce qu'il me donne chaque jour, sur le prix de son travail, forme une dette que j'acquitterai, si Dieu le permet... Je voulais parler, je voulais lui dire... c'eût été l'exposer peut-être... (*Acclamations lointaines.*) Mais n'entends-je pas du bruit ?.. oui, le peuple se presse... il court... (*On entend les cloches.*) C'est don Pedro qui s'approche.... que d'actions terribles vont se commettre à la faveur de son nom, sans compter celles qu'il ordonnera lui-même !.. je me cacherai... oui, je crains les alguazils du seigneur Herrera !... Où trouverai-je un asile ?... là, près de l'ouvrier... il ne me refusera pas plus un peu de place pour reposer ma tête, qu'il ne me refuse un denier pour m'avoir un peu de neige...

SCENE VI.

PAQUITA ; DONA ISABELLE, HERRERA, MARIQUITA.

HERRERA. Que je suis heureux de vous avoir vue, Isabelle !... mais il faut déjà nous quitter ; mon devoir m'appelle sur le passage du roi... voyez au loin la foule.

DONA ISABELLE. Allez, don Fernand, et n'oubliez pas surtout que je vous attends cette nuit à mon balcon... elles sont douces les heures qui se passent à vous entendre !

HERRERA. A onze heures, chère Isabelle, adieu, j'emporte votre image dans ma pensée.

DONA ISABELLE. Pour moi, la vôtre peuple ma solitude... Adieu !

HERRERA. A onze heures !

Il sort précipitamment.

SCENE VII.

LES MÊMES, *excepté* HERRERA.

PAQUITA, *à part.* C'était aussi à cette heure de la nuit qu'il venait causer sous ma fenêtre.

DONA ISABELLE. Retournons vite au logis, Mariquita, je crains la foule... Oui, on se presse sur le passage du roi.... ma mère m'a recommandé de ne pas m'exposer dans ces temps de trouble... mon père aussi, lui qui tremble au moindre bruit, ils seraient inquiets de mon absence ; rentrons.

Elles sortent.

SCENE VIII.

PAQUITA, *seule, regardant partir Isabelle.*

Voilà donc celle qu'il aime aujourd'hui, ou qu'il croit aimer, car il n'y a pas d'amour vrai dans le cœur de l'homme sourd à la pitié, de l'homme qui n'est pas touché de la plainte et des larmes d'une femme... oui, les larmes m'ont flétrie avant l'âge ! mais sous des haillons, mon sang a toute la chaleur de la jeunesse ; sous ce front plissé, ma pensée conserve toute son énergie. Je suis toujours Paquita, celle que le gentilhomme a déshonorée, celle que Manuel Fraquillo aimait de toute son âme ; je le suis toujours pour me repentir et pour pleurer. (*Acclamations du peuple. On entend le bruit des trompettes.*) Voilà don Pedro le cruel qui s'avance ; il vient jouir des désolations causées par la famine, lui dont la bouche ne s'ouvre que pour ordonner des supplices, et la foule partout ! foule insensée ! Dieu, dans sa justice, te l'a donné pour maître, le farouche monarque ! pour châtier tes vices... Mais moi, je n'ai d'autre maître que Dieu, parce que je n'ai d'autre asile que le parvis de son temple, d'autre fortune que le maravedi de Fraquillo. Bon artisan ! que le ciel soit touché de ma prière.... Mais don Pedro monte à son palais... il s'arrête au perron... il regarde la foule... ses ordres sont sanglans !

SCENE IX.

PAQUITA, LE PEUPLE *revient lentement la tête baissée.*

LE PEUPLE. Pas de pain !... pas de pain !

Herrera, à la tête de ses alguazils, disperse la foule.

SCENE X.

PAQUITA, FRAQUILLO, L'APPRENTI.

PAQUITA, *sans voir Fraquillo.* Des hallebardes, de la violence ! voilà la raison de don Pedro et de son corrégidor Herrera.

FRAQUILLO, *amenant l'apprenti par l'oreille.* Ah ! petit drôle ! je te retrouve enfin !... Pourquoi ne t'ai-je pas vu de toute la journée ?

L'APPRENTI. J'ai été voir le roi comme vous, maître.

FRAQUILLO. Moi, j'ai eu tort... c'est peut-être une belle chose à voir qu'un roi sur son palefroi bien caparaçonné... mais on perd du temps, et le seigneur Bringas m'a menacé de m'ôter sa pratique, si je ne lui rends, demain, à la pointe du jour, les vieux souliers qu'il m'a donnés à raccommoder.

PAQUITA, *préparant sa couche.* Cherchons dans le sommeil l'oubli de mes chagrins...

FRAQUILLO, *ouvrant son échoppe.* Allons, point de paresse! les temps sont durs.... mettons-nous à l'ouvrage et réparons les heures perdues, s'il est possible.

PAQUITA, *couchée.* Demain, si je pouvais approcher du roi, si je pouvais lui parler!

FRAQUILLO, *allumant sa lampe.* La ville est triste et silencieuse... cela m'effraye, avec cela que la nuit est noire à n'y pas voir à deux pas!

PAQUITA. Mais il est toujours si difficile aux mendians d'arriver jusqu'aux princes!

FRAQUILLO. Comme il fait chaud! laissons cette fenêtre ouverte... et surtout, petit, ne va pas t'endormir!

L'APPRENTI. Oh! que non!

FRAQUILLO. Si je chantais... pas si bête! on me croirait heureux... il ne faut pas faire de jaloux.

PAQUITA. Je puis le rencontrer, il est vrai... il sort souvent seul, déguisé; il entre partout, il parle à tout le monde... la nuit me conseillera.

L'APPRENTI. Ce vieux don Bringas, comme il marche du talon!

FRAQUILLO. Un jeune chevalier court sur la pointe du pied... le savetier reconnaît un homme à ses chaussures.

PAQUITA. En ce moment, don Fernand est sous les fenêtres de sa belle... ils se parlent de leur amour... ils sont heureux.... mon Dieu, accorde-moi le sommeil et la paix!

Elle s'endort.

SCENE XI.

LES MÊMES, DON PEDRO, *enveloppé d'un manteau.*

DON PEDRO, *à lui-même.* Tout est tranquille.... on dort, ou l'on craint... qu'importe la cause, quand l'effet est bon!

FRAQUILLO. Eh bien, petit, toi qui as de l'esprit, comprends-tu rien à cette famine?

DON PEDRO. Qui parle ainsi?... Ah! ah! un pauvre savetier qui travaille... Pourquoi le drôle ne dort-il pas à cette heure?

L'APPRENTI. Les récoltes ont été bonnes, et le blé manque.

FRAQUILLO. Il y a donc quelque chose là-dessous?

LE ROI. Ah! le seigneur savetier a vu cela!

FRAQUILLO. Le roi est arrivé à temps! un jour de plus, et je n'aurais pas répondu du pillage.

LE ROI. Mais don Pedro est à Séville!

FRAQUILLO. On aurait forcé les couvents!

LE ROI. Ce n'eût pas été si mal vu, peut-être.

FRAQUILLO. On aurait visité les palais...

LE ROI. On n'en fera rien.

FRAQUILLO. Qu'a-t-on fait pour combattre ce fléau?... On a fait tranquillement l'amour comme le corrégidor Herrera.

LE ROI. C'est bon à savoir.

FRAQUILLO. Ah! si pendant vingt-quatre heures seulement, moi, Manuel Fraquillo, j'étais corrégidor de Séville, demain, mes concitoyens auraient du pain.

LE ROI. Il semble sûr de son fait, Manuel Fraquillo... Son échoppe est au pied de la tour Giralda, sur la place San-Antonio.

Il écrit sur des tablettes et s'éloigne.

SCENE XII.

LES MÊMES, *hors* DON PEDRO.

FRAQUILLO. Ils auraient du pain... c'est bientôt dit : Et où trouverais-je du grain, de la farine?... Pauvre imbécile! quand toutes les autorités de l'Andalousie ont échoué dans leurs recherches; quand les petits et les grands ont fait des efforts infructueux?... ces accapareurs qu'on ne connaît pas te sont-ils connus? non! Ce mystère que nul n'a pu percer, l'as-tu percé? non! Allons, Fraquillo, raccommode les vieux souliers du seigneur Bringas, et puisqu'il traîne les talons, mets-y des clous... chacun son métier!... A la fin, voilà ma besogne faite; couche-toi, petit...... maintenant dormons sans craindre de perdre une pratique : vous pouvez les envoyer chercher, vos souliers, don Bringas... je meurs de sommeil... J'allais éteindre ma lampe avant de fermer mon laboratoire... Oh! décidément je dors déjà... c'est une chose certaine.

Il ferme la porte.

SCENE XIII.

LES MÊMES, UN OFFICIER.

L'OFFICIER. Voilà la tour Giralda et l'échoppe... frappons.

Il frappe.

FRAQUILLO, *en dedans.* Qui frappe ainsi?

L'OFFICIER. Ouvrez.

FRAQUILLO. Passez votre chemin, et laissez dormir le pauvre monde.

L'OFFICIER. Ouvrez, vous dis-je.

FRAQUILLO. Passez, vous dis-je.

L'OFFICIER. Ouvrez, de par le roi don Pedro, notre maître.

FRAQUILLO. Si don Pedro l'exige, c'est différent. (*Il ouvre à moitié déshabillé.*) Eh bien, qu'y a-t-il?

L'OFFICIER. Vous habitez cette baraque?

FRAQUILLO. Vous le voyez... elle n'est pas vaste...

L'OFFICIER. Vous vous nommez Manuel Fraquillo?

FRAQUILLO. Aussi bien que notre sire s'appelle don Pedro.

L'OFFICIER. Cet ordre est pour vous, de la part du roi.

Il sort.

SCENE XIV.

LES MÊMES, *hors* L'OFFICIER.

FRAQUILLO. De la part du roi... l'ai-je bien entendu!... je suis tout tremblant... qu'ai-je fait, grand Dieu!... Lisons... je ne vois rien... Allons! allons! Fraquillo, du courage!... tu n'as commis aucun crime, tu n'as fait de mal à personne... c'est vrai; mais ce n'est pas toujours une raison... les gens qui font le mal sont les ennemis naturels de ceux qui ne le font pas... Je lis : « Don Manuel Fraquillo...» Est-ce que je rêve? « Don Manuel Fra- » quillo!... » Il y a don Manuel!... eh! mais le roi est bien aimable, en vérité... quel honneur!... ma mère m'a toujours prédit que je ferais fortune... Continuons : « Don Manuel Fraquillo, je » vous nomme corrégidor de Séville pour » vingt-quatre heures, sous l'obligation » de fournir du pain au peuple, dans ce » délai; faute de quoi, le lendemain, à la » chute du jour, vous serez pendu sur la » place du Palais... vous l'aurez pour en- » tendu..... Moi le roi.... » Ah! je suis perdu! je suis perdu!... malheureux!... moi! corrégidor... où trouver du pain!... Ah! ah!

Désespoir.

PAQUITA, *s'éveillant en sursaut.* Qu'y a-t-il? c'est la voix du bon Fraquillo.

Elle se lève.

FRAQUILLO. Comment faire!

PAQUITA. Pourquoi ne dors-tu pas à cette heure?

FRAQUILLO. Va-t'en, Paquita... que me veux-tu?... me parler encore de ton amour, je gage... triste destinée que la mienne!... j'inpire des passions d'un côté, et de l'autre, j'obtiens la confiance du maître...

PAQUITA. Réponds : pourquoi ne dors-tu pas, Manuel?

FRAQUILLO. Pourquoi, pourquoi?.. parce qu'une horrible famine pèse sur l'Andalousie, parce qu'il n'y a pas de pain.

PAQUITA. Pour le moment, calme ce désespoir... et partageons le morceau qui me reste.

FRAQUILLO. Mais, quand je serai rassasié, les autres le seront-ils?... Je souffre de la faim publique, c'est l'appétit général qui me dévore en ce moment.. Paquita! Paquita! l'objet de ton amour actuel, le malheureux Manuel Fraquillo, sera pendu demain, sur la place du Palais; c'est une chose certaine.

PAQUITA. Tu perds l'esprit.

FRAQUILLO. Dis donc la tête, la vie!... Oui, si la ville affamée ne fait pas bombance aujourd'hui; si le soleil, en éclairant la place du marché, ne la montre aux regards avides de tout un peuple garnie des provisions, de blé, de farine, de pain, je serai pendu! tel est l'ordre de notre gracieux souverain.

PAQUITA. Va trouver le corrégidor, le seigneur Herrera.

FRAQUILLO. Il n'y a plus de seigneur Herrera corrégidor, Paquita.

PAQUITA. Que dis-tu?

FRAQUILLO. La vérité!... je suis maintenant don Manuel Fraquillo... Mon Dieu! don Manuel Fraquillo pendu en expectative, en perspective... don Manuel Fraquillo, le corrégidor, ce dont j'enrage!... On a bien raison de dire que les dignités perdent les hommes.

PAQUITA. Quand elles ne les sauvent pas.

FRAQUILLO, *la conduisant vers la fenêtre de la barraque où est la lampe.* Tiens, lis..

PAQUITA. L'étrange événement!

Le jour paraît.

FRAQUILLO. Me crois-tu, maintenant?

SCENE XV.

LES MÊMES, TROUPE D'ALGUAZILS *avec des flambeaux.*

PREMIER ALGUAZIL. Nous venons prendre les ordres du seigneur corrégidor...

On lui présente le manteau de corrégidor.

FRAQUILLO, *avec désespoir.* C'est fait de moi!... grand Dieu!

PAQUITA, *lui prend la main, et à voix basse*.. Du courage.... bonne contenance !

DEUXIÈME ALGUAZIL. Nous sommes tout prêts à exécuter ce qu'il vous plaira d'ordonner, senor.

FRAQUILLO, *avec impatience*. Un moment !... laissez-moi revêtir mes insignes... un moment !... je réfléchis.... ordonnons quelque chose de pas facile... d'abord vous serez justes, doux et polis envers tout le monde.

PAQUITA, *en riant*. Ah ! ah ! un corrégidor qui recommande la douceur et la politesse, cela s'est-il jamais vu !

FRAQUILLO. Eh bien ! cela se verra. (*Bas à Paquita.*) Je ne sais qu'ordonner.

PAQUITA. Ordonne toujours, un corrégidor qui reste muet !

FRAQUILLO, *aux alguazils*. Que les rues soient propres, bien arrosées... bien balayées... (*Bas à Paquita.*) Après... (*Haut.*) Ah ! que les voitures n'éclaboussent personne ! Ah !... que les filous ne dérobent plus aux passans leur bourse en plein midi dans la grande rue... (*Bas à Paquita.*) Après ?

PAQUITA, *bas*. Tu veux du pain...

FRAQUILLO. J'en veux trop pour qu'il y en ait assez.

PAQUITA, *bas*. Il faut qu'on t'amène à l'instant le riche Bringas et le marchand Guttièrez.

FRAQUILLO, *bas*. Mais...

PAQUITA, *bas*. Fais ce que je te dis..... ordonne...

FRAQUILLO. Faisons ce qu'elle veut, puisque je n'ai pas encore de volonté par moi-même. (*Avec importance aux deux alguazils.*) Une partie de vos gens va se rendre à la maison du seigneur Bringas, le riche marchand, et l'amener immédiatement en ma présence, l'autre partie procédera de la même façon à l'égard du seigneur Guttièrez, son associé ; allez..... (*Les deux alguazils donnent leurs ordres.*) J'ai été beau, j'espère. (*Bas à Paquita.*) Eh bien ! voyons, quand les seigneurs Bringas et Guttièrez seront ici, que ferai-je ?

PAQUITA. Ecoute : le seigneur Bringas, profitant sans doute de l'amour du seigneur Herrera pour Isabelle, a mis en défaut la surveillance du corrégidor, et de concert avec Guttièrez, il a dans l'ombre, accaparé les grains, empli secrètement ses greniers ?...

FRAQUILLO, *avec joie*. Serait-il vrai ! Paquita ! Paquita !.... mais qu'en sais-tu ?

PAQUITA. Ce matin, là, j'ai surpris leur secret.

FRAQUILLO, Mais tu n'as pas de certitude.

PAQUITA. Il faut les effrayer pour tout savoir... Allons ! allons ! don Manuel Fraquillo de par le roi ! vite, l'esprit d'un corrégidor, la menace, l'adresse, la force, la ruse ! S'ils n'ont pas garni la place du marché des grains qu'ils recèlent quand le peuple meurt de faim, il faut que ces deux riches marchands soient pendus.

FRAQUILLO. Oui, pendus ! c'est justice ! Je me sens déjà corrégidor en diable !...

PAQUITA. Ne crains rien, ça viendra... Avec un peu de bonne volonté, on fait toujours du mal...

FRAQUILLO. Ce qui tourne au profit général est toujours bien, Paquita.

PAQUITA. Allons donc ! te voilà corrégidor !

PREMIER ALGUAZIL, *s'avançant*. Vos ordres sont exécutés, seigneur. J'aperçois les deux marchands...

SCENE XVI.

LES MÊMES, BRINGAS, GUTTIÈREZ.
Ils sont amenés chacun d'un côté du théâtre.

BRINGAS. Qu'y a-t-il, messieurs les alguazils ? pourquoi nous déranger au milieu de la nuit ? Que me veut-on, ainsi qu'au seigneur Guttièrez ?... Je me plaindrai à don Fernand Herrera, notre corrégidor.

FRAQUILLO. Il n'y a plus d'autre corrégidor que don Manuel Fraquillo, votre serviteur, d'après la volonté de notre très-illustre souverain ; quant aux raisons qui m'obligent à déranger deux riches marchands, les voici : La famine dévore cette province depuis long-temps.

BRINGAS. Hélas ! qui, plus que nous, a souffert de ce fléau terrible ?...

FRAQUILLO. C'est pour le faire cesser que je vous envoie chercher.

BRINGAS. Qu'y pouvons-nous faire, seigneur corrégidor ?

FRAQUILLO. Vous y pouvez beaucoup, mon bien bon ami ! et je vous l'annonce avec la plus profonde douleur, vous serez pendus au soleil naissant, vous et votre associé, si le marché n'est pas approvisionné de grain...

BRINGAS. Du grain, seigneur corrégidor, et où voulez-vous que nous en trouvions, moi et mon associé ?

FRAQUILLO. Mettez-y de la complaisance, seigneur, de la bonne volonté... cherchez bien...

BRINGAS. Je vous assure...

FRAQUILLO, *avec dignité*. Paix ! vos greniers, vos caves, vos magasins sont encombrés... Je le sais... quel était donc votre projet ? Jusqu'à quel point vouliez-vous désoler notre patrie ?.... Encore une fois, songez-y, vous n'obtiendrez la vie sauve et l'oubli de vos crimes, qu'à la condition de livrer sur l'heure tous les grains que vous avez accaparés. Pas un mot! le gibet est dressé sur la place du palais : du blé, ou pendu. (*Aux alguazils.*) Holà! mes petits agneaux! mes doux amis! écoutez tous les ordres du corrégidor : Vous allez mettre en réquisition toutes les mules de la ville et les conduire à la porte des maisons de ces deux honnêtes marchands, lesquels se résignent à vivre et à vendre sur la place du marché tout le blé qui remplit leurs greniers et leurs caves... (*Au premier alguazil.*) Veillez sur la personne de ces deux seigneurs. (*Au deuxième alguazil.*) Que le convoi soit prêt sur l'heure. (*A tous.*) Que mes ordres soient exécutés en diligence, et sans bruit... Allez...

Tous sortent.

SCENE XVII.

PAQUITA, FRAQUILLO, *quelques* AL-GUAZILS *dans le fond.*

PAQUITA. Tu le vois, il est facile de commander.... ça vient naturellement.....

FRAQUILLO, *riant aux éclats.* Ah! ah! ah!... je respire... grâce à toi Paquita, je te dois la vie... Mon Dieu, qu'ai-je fait pour mériter le service que tu me rends?

PAQUITA. Ne m'as-tu pas nourrie? je n'ai jamais en vain imploré ta pitié...

FRAQUILLO. Ne parlons pas de cela... Le roi est obéi, je ne serai pas pendu..... voilà le principal... Crois-tu, Paquita, qu'il m'eût fait pendre?

PAQUITA. Il faut toujours croire à la parole de don Pedro... quand il menace.

FRAQUILLO. Oui, c'est prudent.

PAQUITA. Et ne se fait-il pas gloire d'être don Pedro le Cruel? Tu ne sais donc pas la sombre terreur qui règne avec lui sur ses états! Le comte de Villa-Mayor voulut un jour lui parler avec la franchise d'un noble espagnol; il a fait périr le comte de Villa-Mayor. Le duc de Medina-Cœli voulut s'opposer une fois à une grande injustice; le duc de Medina-Cœli est mort dans l'exil. Sa femme, la douce et belle Blanche de Bourbon, la fille du roi de France! ses frères, sa mère, tous sont morts par ses ordres; il n'y a pas de noble famille qu'il n'ait plongée dans le deuil; malheur à qui l'approche!.. l'échafaud, voilà son trône... la hache, voilà son sceptre... la corde, voilà sa clémence!...

FRAQUILLO. Tu m'effrayes... et le cou me démange.

PAQUITA. Dès son enfance même...

FRAQUILLO. Tyran de naissance... ah! mon Dieu!

PAQUITA. Ma mère me l'a souvent raconté; car elle était camériste de la comtesse de Penafiel, ma mère! et la comtesse de Penafiel était nourrice de don Pedro. Ecoute et juge : un jour, le royal nourrisson, pour lors âgé de treize mois, mordit cruellement le sein de la comtesse...

FRAQUILLO. Par pure méchanceté...

SCENE XVIII.

LES MÊMES, DEUX ALGUAZILS.

PREMIER ALGUAZIL. Seigneur corrégidor... ce sont les rapports des agens secrets...

FRAQUILLO, *bas à Paquita.* La dignité donne de l'occupation... Dam! le corrégidor ne doit plus causer comme le savetier... c'est juste. (*Haut.*) Voyons...

PREMIER ALGUAZIL, *lisant.* Le jeune bachelier Carlos Belviso a été surpris en tête-à-tête amoureux avec dona Bianca Rederera, dans la chapelle de San-Stephano.

FRAQUILLO. Le mal n'est pas grand.... Elle est dévote, cela se compense.

DEUXIÈME ALGUAZIL. Le poète Henriquez a fait une chanson satirique contre le curé don Jose Drollos et ses enfans de chœur.

FRAQUILLO. Il faut se la procurer. (*A part.*) Je la chanterai quand je ne serai plus corrégidor.

DEUXIÈME ALGUAZIL, *continuant.* Don Eugenio Lerminos...

FRAQUILLO. Fort bien, je verrai ce rapport. (*A part.*) Voilà de quoi me divertir. C'est agréable d'être corrégidor vingt-quatre heures; on sait tout ce qui se fait. (*A l'autre alguazil.*) Mais quel bruit?

CRIS, *au loin.* Vivat! vivat!

PAQUITA. La foule s'avance.

FRAQUILLO, *effrayé.* Que veut-elle! Ah! mon Dieu!

CRIS, *plus distincts.* Vive le corrégidor Fraquillo!

FRAQUILLO. Ils ont du pain! je suis sauvé.

SCENE XIX.

LES MÊMES, LA FOULE, *puis* LE ROI, *accompagné d'officiers.*

LA FOULE. Vive le corrégidor!

FRAQUILLO. Merci! merci! mes bons amis...

UN OFFICIER. Le roi!

LA FOULE. Vive le roi ! vive don Pedro ! vive le corrégidor !

DON PÉDRO, *avec une bonté ironique.* Don Manuel Fraquillo, je suis content de vous, et je veux vous récompenser ; vous avez tenu votre parole, vous avez délivré le peuple du fléau qui le menaçait. C'est à vous que je dois ces marques d'affection et de reconnaissance que la foule nous adresse... Il faut que je m'acquitte envers vous.

FRAQUILLO. Sire, ne suis-je pas déjà récompensé par le bonheur d'avoir sauvé mes frères !...

DON PÉDRO, *avec autorité.* Cela ne suffit pas, notre ami... Tu viens de me donner une preuve de ton habileté administrative. Eh bien ! ces fonctions que je t'avais confiées pour vingt-quatre heures, je te les conserve : tu es définitivement corrégidor de Séville et de la province d'Andalousie, en remplacement du seigneur Herrera, admis à la retraite.

FRAQUILLO. Quoi ! votre grâce...

DON PEDRO. Écoute mes conditions.

FRAQUILLO. J'écoute, monseigneur...
(*A part.*) Son regard me fait trembler.

DON PEDRO. J'entends que justice prompte et sévère soit faite de tous les crimes et délits qui se commettront dans la province, comme tu viens de le faire de l'avarice de ces deux accapareurs de grains : tu dois savoir, je sais du moins, moi, qu'un seul crime resté impuni engendre dix crimes nouveaux. Ainsi, seigneur corrégidor, vous ferez bonne garde et bonne surveillance. Vous avez des alguazils, vous en créerez un plus grand nombre s'il est nécessaire ; je veux une balance exacte entre le chiffre des méfaits commis et celui des châtimens accomplis ; la première tête de coupable que vous laisserez échapper sera remplacée par la vôtre...

FRAQUILLO, *à part.* Ahie !

PAQUITA, *à part.* Pauvre Manuel !

FRAQUILLO. Monseigneur, je suis indigne de tant d'honneur, et je prie votre grâce d'accepter ma démission.

DON PEDRO. C'est une fausse modestie, seigneur Fraquillo ! Mais si vous désirez réellement votre démission, il y a un moyen certain de l'obtenir...

FRAQUILLO, *à part.* Dieu soit loué ! (*Haut.*) Je vais l'employer, monseigneur.

DON PEDRO, *l'interrompant.* Qu'une mauvaise action se commette, que le corrégidor Fraquillo néglige de la punir, et je lui promets sur ma parole royale, qu'il sera sans délai démis... et pendu !

FRAQUILLO. Pendu !

LE PEUPLE. Vive le roi !

FRAQUILLO, *à part.* Singulière manière de récompenser les gens !

DON PEDRO, *aux officiers.* Suivez-moi.

LE PEUPLE. Vive le roi ! vive le roi !

<hr>

ACTE DEUXIEME.

Une place. Il fait nuit. A gauche, la maison de Bringas.

SCÈNE PREMIÈRE.

FRAQUILLO, ALGUAZILS, *avec des lanternes.*

FRAQUILLO. Tout est calme... les cabarets sont fermés, pas d'ivrognes dans les rues... quelques sérénades par ci, par là... je ne puis pas empêcher de chanter..... c'est une preuve de prospérité... Quand les amans chantent sous la fenêtre de leur belle, c'est que le peuple est content... et l'amour est une chose... nécessaire enfin... D'ailleurs, chaque conversation nocturne est en quelque sorte une sécurité pour le quartier... L'usage ne permet pas qu'on dérange les rendez-vous... et les filous se gardent bien de l'enfreindre... J'espère que don Pedro, notre Seigneur, doit-être satisfait de mon administration...

SCÈNE II.

LES MÊMES, PAQUITA, *arrêtée par les alguazils.*

PAQUITA, *aux alguazils.* Que voulez-vous ?... Laissez-moi passer.

UN ALGUAZIL. Pourquoi es-tu seule à cette heure dans les rues ?

PAQUITA. Y fais-je du mal ?

FRAQUILLO. Qu'y a-t-il là ?... Eh ! c'est Paquita !... Laissez, laissez, je connais cette femme. Pourquoi courir ainsi, ma pauvre Paquita ?

PAQUITA. Je me promène, seigneur corrégidor, et pour être noire, la nuit n'est pas avancée, il est à peine onze heures...

FRAQUILLO. Tu te promènes... c'était bon quand tu n'avais pas d'asile... mais maintenant que je t'ai mise en possession de ma baraque, tu peux dormir...

PAQUITA. Pour avoir un lit, dort-on?

FRAQUILLO. A qui le dis-tu!...

PAQUITA. Grâce à votre générosité, seigneur, oui, j'ai un asile, et le soleil ne courbe pas ma tête, quand il est droit au-dessus de Séville... Je ne dois plus mon pain à la pitié, puisque vous donnez à la mendiante un doublon d'or quand elle n'a plus rien... Tout cela c'est vivre; mais ce n'est pas la tranquillité de l'ame, et quand la ville est endormie, je me plais à venir errer dans les lieux où j'ai vécu jadis, avec des illusions, avec des espérances; puis, par goût, par habitude, je m'endors quelquefois sous le portail des églises! Tenez, vous voyez cette maison, c'est celle du seigneur Bringas, une faible lumière brille à la fenêtre d'Isabelle, elle attend l'heure et le signal que don Fernand ne peut tarder à lui donner... Chaque soir, à cette heure, ils se parlent... ils sont heureux... car les amans sont heureux de se voir et de se parler...

FRAQUILLO. Pauvre Paquita!... Mais rentre, je suis un magistrat sévère, équitable, qui voit tout par lui-même, et je ne veux pas qu'on m'accuse de favoriser mes amis... ainsi va te coucher... le vagabondage nocturne est une chose suspecte... à raison...

PAQUITA. C'est à mon tour de dire: Pauvre Manuel... êtes-vous heureux?...

FRAQUILLO. Heureux n'est pas le mot.

PAQUITA. Etes-vous tranquille?...

FRAQUILLO. Pas tout à fait...

PAQUITA. Dormez-vous sous les voûtes de votre palais?

FRAQUILLO. Un corrégidor ne doit pas dormir... Mais je rêve... je rêve beaucoup, je fais des rêves affreux.... car enfin il ne se commet pas une peccadille, que je n'en sois responsable à présent... Je n'ai pas sitôt mis ma tête sur l'oreille, que je vois la potence, elle vient se planter à mes côtés, me narguer et rire d'un rire effroyable, qui ressemble beaucoup à celui de notre gracieux monarque... je veux fuir, elle me suit à grand pas, en balançant à l'extrémité de son bras allongé le nœud terrible qui doit me serrer le cou, si je laisse échapper un coupable... C'est une belle dignité que celle de corrégidor!... Mais quand on l'est par force, on fait les choses sans pitié! Ce danger de tous les jours, de tous les momens, me fait voir partout des coupables... mais c'est une défense légitime! chaque crime est un attentat contre mes jours... Grâce à mes soins et aux rigueurs salu-

taires que j'exerce, Séville est purgée de tous les malfaiteurs... Mais je m'amuse à causer là, et... Allons, rentre dans mon échoppe... (Aux alguazils.) Holà! mes petits agneaux... l'œil et l'oreille au guet... continuons notre route... ça va bien! ça va bien! Le roi est content de moi, je suis content de vous, le peuple doit être content aussi... les pendus eux-mêmes ne se plaignent pas... Allons, toujours comme ça... je suis corrégidor pour la vie... puisque je serai pendu à la première occasion..... premier bienfait royal... Je vous ai nommée alguazil, pour la vie, par là même cause... Je vous l'ai dit, et je vous le répète, il me faut autant de coupables qu'il se commet de crimes... S'il me manque des coquins, nous tirerons au sort, à l'amiable, pour savoir lesquels d'entre vous devront compléter mon addition... Je veux mon compte juste, pas un de plus, pas un de moins... Voilà comme les choses doivent aller..... Marchons, mes petits agneaux, marchons...

Ils sortent.

SCENE III.

PAQUITA, seule.

Que faut-il plaindre, de la mendiante ou du parvenu?... mais il a conservé la bonté de son cœur, et l'honnête homme se retrouve encore sous le manteau du corrégidor... Bon Manuel, que Dieu veille sur toi; car don Pedro est sans miséricorde!... Mais l'heure sonne, on avance de ce côté; ce sont des musiciens payés par don Fernand, pour donner une sérénade à doña Isabelle... Eloignons-nous... que ferais-je ici?... le corrégidor a raison... je dois rentrer.

Elle sort.

SCENE IV.

HERRERA, MUSICIENS.

Herrera s'arrête sous les fenêtres, et les musiciens exécutent un morceau; quand ils ont fini, Herrera les renvoie, Isabelle paraît à son balcon.

SCENE V.

HERRERA, ISABELLE, au balcon.

ISABELLE. Tout est muet et calme dans la maison... parlons bas, on peut nous entendre.

HERRERA. Chère Isabelle! la constance de notre amour m'est une douce récompense.... et j'oublie la perte de mes dignités.

ISABELLE. C'était don Fernand que j'aimais au temps de sa faveur, c'est toujours lui que j'aime aujourd'hui.

HERRERA. Pourquoi votre père n'a-t-il pas cette noblesse de sentimens?... Dans la disgrâce qui m'a frappé, j'ai regretté une seule chose, la perte de cette bienveillance qui me permettait à toute heure l'entrée de votre maison.... ce n'était pas la nuit, avec des précautions et le mystère que je pouvais vous voir...

ISABELLE. Du jour où mon père vous a si brutalement congédié, mon amour a pris des forces nouvelles, Fernand.

HERRERA. J'aurais tort de me plaindre, espérons, chère Isabelle.

ISABELLE. Le sort ne nous sera pas toujours contraire.

HERRERA. Vous m'aimez donc?

ISABELLE. Oui. Et vous, don Fernand?

HERRERA. Toujours!

ISABELLE. Notre amour touchera mon père, un jour, et nous serons unis.

HERRERA. Ne le sommes-nous pas déjà? Que vous êtes belle!

ISABELLE. Que j'aime à vous entendre me le dire!

SCENE VI.

LES MÊMES, DON PEDRO, *caché dans un manteau.*

DON PEDRO. Partout la surveillance la plus active ; partout une tranquillité parfaite. Mais ne vois-je pas dans l'ombre un homme debout devant cette maison?... et au balcon une femme?.... quelque galante aventure... Je suis curieux, moi...

Il s'approche.

HERRERA. Qui va là?... (*Silence.*) Qui que vous soyez, n'approchez pas... je vous commande de passer à l'écart, sans tourner indiscrètement la tête...

Silence.

DON PEDRO, *à lui-même.* Il ne me plaît pas à moi de respecter vos usages.

HERRERA. Vous n'irez pas plus loin, ou je vais châtier votre témérité.

DON PEDRO, *de même.* Châtier!... Ce mot mérite un châtiment.

FERNAND. Encore une fois, si vous êtes un noble espagnol, éloignez-vous.

DON PEDRO, *de même.* Cette voix....

ISABELLE. Don Fernand, je vous supplie...

DON PEDRO, *de même.* Don Fernand Herrera, qui depuis sa destitution me poursuit de sa haine..... bonne occasion de me faire justice moi-même.

HERRERA. Si vous ne vous hâtez de quitter cette place, ayez au moins le courage de me dire votre nom.

DON PEDRO. Mon épée va te l'apprendre.

HERRERA. En garde donc! (*Ils se battent, et Herrera succombe.*) Ah!

ISABELLE. Seigneurs! seigneurs! ils ne m'entendent pas... Au secours!... au secours!

DON PEDRO. Il est blessé!

ISABELLE, *dans l'intérieur.* Au secours!

DON PEDRO. On accourt... on peut me reconnaître... J'ai voulu que Fraquillo fût sans pitié... prenons garde!....il ne faut pas que le roi tombe entre les mains du corrégidor.

SCENE VII.

ISABELLE, ALGUAZILS, *entrant avec des flambeaux,* DES VOISINS, *aux fenêtres avec des flambeaux.*

Jour.

ISABELLE. Par ici, par ici! (*Se jetant sur son amant.*) Cher Fernand!

HERRERA. Isabelle!... je meurs!

ISABELLE. Il n'est plus!... Ah! vengeance!

TOUS. Vengeance!... mort à l'assassin!

LE RIDEAU TOMBE.

Troisième Tableau.

Le théâtre représente une salle du palais du corrégidor ; fenêtre de côté ; Fraquillo dort étendu dans un fauteuil, et les deux officiers d'alguazils dorment aussi étendus dans des fauteuils, l'un à droite, l'autre dans le fond, près de la porte.

SCENE PREMIERE.

FRAQUILLO *seul, puis* **DON PEDRO, OFFICIERS.**

FRAQUILLO, *rêvant.* Oui, sire, je suis très-heureux... tout va bien, c'est charmant ! (*Un alguazil ouvre la porte, et les deux autres s'éveillent en même temps que Fraquillo.*) Hein ! qu'y-a-il ?... Ah ! pourquoi m'éveiller ?... c'est la première fois, depuis mes grandeurs, que je ne rêvais pas potence !

UN DES OFFICIERS. Le roi !

FRAQUILLO. Le roi !

DON PEDRO, *entrant d'un air de bonté ironique.* Je viens de bon matin vous surprendre dans l'exercice de vos fonctions, Fraquillo ; ou plutôt don Manuel Fraquillo, mon sage corrégidor. (*A part.*) Profitons de notre aventure nocturne, pour connaître jusqu'à quel point cet homme-là sait tout.

FRAQUILLO, *moitié tremblant, avançant un fauteuil.* Monseigneur, je suis touché... Et puis-je savoir la cause inattendue qui me procure l'insigne honneur de cette visite ?

DON PEDRO. C'est ainsi que j'aime à surprendre mon monde... Je viens vous féliciter de votre zèle... grâce à vos soins, à votre justice expéditive, les crimes deviennent plus rares, et le bon ordre règne à Séville... cette nuit tout a été tranquille ?...

FRAQUILLO. Parfaitement tranquille....

DON PEDRO. Je vois que vous en savez beaucoup plus que tous vos prédécesseurs.

FRAQUILLO. Sire, c'est que je suis du peuple, et je connais un peu mieux ses petites malices.

DON PEDRO. Je comprends cela, j'aurais dû le comprendre plus tôt... vous êtes un digne et habile administrateur... et si j'ai donné ma parole royale que vous seriez pendu à la première maladresse...

FRAQUILLO, *en frissonnant.* Ne parlons pas de cela, j'en supplie votre grâce...

DON PEDRO. Je veux aussi vous récompenser comme vous le méritez.

FRAQUILLO. C'est trop de bonté, monseigneur... (*A part.*) Je respire, il est de bonne humeur.

DON PEDRO, *avec plus d'ironie.* Voyons, choisissez vous-même : voulez-vous un titre de comte, ou les éperons de chevalier ?

FRAQUILLO. Non, non, bien obligé, sire ; les éperons ne me serviraient guère, je n'ai jamais monté à cheval de ma vie, et quant au titre de comte, ce n'est pas que j'en fasse fi, mais il me semble qu'une étiquette sur un vase vide, ça ne sert pas à grand'chose.

DON PEDRO. Vous avez raison, maître Fraquillo... Eh bien ! nous emplirons le vase avant de l'étiqueter... Désirez-vous de l'or, ou bien un château dans la province d'Estramadure ?

FRAQUILLO, *se laissant aller à la confiance.* Un château m'irait assez, monseigneur, seulement, je fais cette réflexion : un château ça ne rapporte pas lourd, et ça coûte à entretenir ; de façon que si j'avais avec la propriété quelques milliers de pistoles, je pourrais me dire content de mon sort... Ce n'est pas que je pousse au moins l'indiscrétion jusqu'à vous demander les deux, mais vous êtes le maître, et puisque vous vous montrez assez bon prince pour me consulter...

DON PEDRO. Oh ! qu'à cela ne tienne.... (*On entend du bruit en dehors.*) Mais quel est ce bruit ?

SCENE II.

LES MÊMES- ISABELLE.

ISABELLE, *dans le fond, retenue par le gardes.* Laissez-moi, laissez-moi pénétrer jusqu'au roi... Justice ! justice !...

DON PEDRO. Qu'on laisse entrer cette femme.

ISABELLE, *aux pieds du roi.* Justice, monseigneur ! j'embrasse vos genoux !

LE ROI, *la relevant.* Qui êtes-vous, senora ? et quelle grâce venez-vous implorer de moi ?

ISABELLE. Je me nomme doña Isabelle.... je suis la fille de don Bringas, un des principaux négocians de cette ville... je viens vous demander justice d'un meurtre commis cette nuit sous mes fenêtres....

LE ROI, *à part.* Ah ! c'est elle !

ISABELLE. Monseigneur, celui qui a été lâchement assassiné est un des premiers gentilshommes de la province, et son sang...

LE ROI, *à part*. Il est mort!... (*Haut.*) Son sang ne vaut pas un maravédi de plus que celui du dernier manant. La justice est égale pour tous, et votre gentilhomme sera vengé, non point parce qu'il était noble pendant sa vie, mais parce qu'il est mort par un crime... Était-ce un de vos parens?

ISABELLE, *timidement*. Non, monseigneur... mais bientôt, sans doute, j'aurais porté son nom.

LE ROI. Quel nom?

ISABELLE. Don Fernand Herrera...

FRAQUILLO. Mon prédécesseur.

LE ROI. Vous m'avez donc menti, seigneur corrégidor?... Comment se fait-il qu'un meurtre ait été commis cette nuit, et que vous l'ayez ignoré jusqu'à cette heure?

FRAQUILLO, *en tremblant*. J'allais.... monseigneur... mes alguazils peut-être...

LE ROI, *durement*. Je vois que je me suis trop hâté de louer votre habileté et votre surveillance... (*A Isabelle.*) A-t-on arrêté l'assassin?

FRAQUILLO, *à part*. Maudite dignité!.. je tremble...

ISABELLE. Hélas! monseigneur, il a échappé jusqu'ici à toutes les recherches, et c'est pour supplier votre grâce de donner l'ordre de redoubler d'activité, de retrouver à tout prix le coupable, que je suis venue embrasser vos genoux.

LE ROI. C'est-à-dire que vous doutiez de ma justice, senora?

FRAQUILLO, *à part*. Tout ceci tournera mal pour moi!

LE ROI. Vous pensiez qu'il était besoin de deux beaux yeux en pleurs pour m'engager à punir un meurtre?..

FRAQUILLO, *à part*. Décidément, mon col est compromis dans cette affaire!

ISABELLE. Ah! monseigneur...

LE ROI. Je veux bien croire que la douleur ne vous a pas permis de réfléchir à ce qu'une telle démarche a d'injurieux pour votre souverain...

FRAQUILLO, *à part*. Et de perfide pour le corrégidor!

LE ROI. Je vous excuse, et vous promets de plus une vengeance prompte et sévère...

FRAQUILLO, *à part*. Je suis pendu!

LE ROI. Parce que votre amant est mort, vous demandez qu'un autre homme meure?

FRAQUILLO, *à part*. Et si l'on ne trouve pas cet autre, il faudra que ce soit moi!..

LE ROI. C'est peu charitable....

FRAQUILLO, *à part*. Est-ce à lui de le dire?

LE ROI. Mais cela est juste...

FRAQUILLO, *à part*. Non.

LE ROI. Et cela sera.

FRAQUILLO, *à part*. Aïe!

ISABELLE, *en se retirant*. Monseigneur...

LE ROI, *ironiquement*. Restez, restez, senora, il faut que vous voyiez par vos yeux, que vous entendiez de vos oreilles, afin d'être bien assurée que nous remplissons notre devoir avec zèle...

FRAQUILLO, *à part*. A mon tour... O ma barraque! ma barraque!

LE ROI, *allant à la fenêtre*. Seigneur corrégidor... que se passe-t-il donc là-bas, et que font ces hommes occupés dans le milieu de la place?

FRAQUILLO, *en tremblant*. Monseigneur, c'est le bourreau et ses aides, qui, d'après mes ordres, enlèvent cette potence... inutile...

LE ROI. Le moment est bien choisi, maître!... Criez-leur sur-le-champ de relever ce gibet.

FRAQUILLO. Monseigneur, je vais.... et je n r dirai...

LE ROI. Ils vous entendront d'ici pour peu que vous haussiez la voix... Eh bien! qu'attendez-vous?

FRAQUILLO, *sans force*. Hausser la voix! Monseigneur, excusez-moi... l'émotion... m'empêche.... me coupe....

LE ROI. Je le veux!

FRAQUILLO. J'obéis... monseigneur... j'obéis. (*Il va près de la fenêtre.*) Maître!... maître!.. oh! eh!... Tio Pacco! replantez votre arbre de malheur!..... c'est l'ordre du roi...

LE ROI, *ordonnant*. Du corrégidor de Séville.

FRAQUILLO, *répétant machinalement*. Du corrégidor de Séville.

LE ROI, *poursuivant*. Et tenez-vous prêt, car demain, à six heures du soir, vous aurez à attacher au haut de ce gibet le col...

FRAQUILLO, *de même*. De ce gibet le col...

LE ROI. Du meurtrier de don Fernand Herrera.

FRAQUILLO *de même*. De don Fernand Herrera.

LE ROI, *de même*. Ou bien celui du corrégidor négligent qui dort la nuit dans son palais au lieu de veiller à la sûreté des citoyens et à la répression des crimes...

FRAQUILLO, *à genoux*. Ah! seigneur don Pedro! grâce! grâce!

LE ROI, *à Isabelle.* Madame, vous serez vengée... (*à Fraquillo avec ironie et cruauté.*) Maître Fraquillo, vous qui en savez plus que nous tous, rois, nobles et gentilhommes, pour administrer une ville, une province, je vais savoir cette fois la mesure de votre science... Mais rappelez-vous bien nos conditions... pendu si vous ne trouvez pas le coupable.

> Le roi sort avec sa suite.

SCÈNE III.

FRAQUILLO, ALGUAZILS.

FRAQUILLO. O san Francesco! mon bienheureux patron, je te promets des neuvaines, des cierges, des ex-voto, si tu sauves mon col de la potence... (*Aux alguazils.*) Holà, arrivez.... (*A Isabelle.*) Senora, un instant... (*Aux alguazils.*) C'est donc ainsi que vous veillez, drôles!... c'est ainsi que vous exécutez mes ordres!

UN ALGUAZIL, *tremblant.* Il est vrai, seigneur, un grand crime a été commis cette nuit.

FRAQUILLO. Vraiment, mon fils! et vous attendiez qu'il fît nuit pour m'en informer!

DEUXIÈME ALGUAZIL. Hélas! seigneur, nous n'osions paraître devant vous avant d'avoir découvert...

FRAQUILLO. Oui! oui... et vous n'avez découvert encore que le cadavre!... c'est bien, mes agneaux, c'est gentil!... Et le crime a été commis sous les fenêtres de Bringas... à quelle heure?

PREMIER ALGUAZIL. A onze heures...

FRAQUILLO. A onze heures! et j'y étais! Mais vite! qu'on m'amène Bringas...

> Quelques alguazils sortent; d'autres restent au fond.

SCÈNE IV.

FRAQUILLO, ISABELLE.

FRAQUILLO, *en s'asseyant.* Approchez, senorita... tâchons de découvrir le coquin qui nous a joué un si méchant tour à vous et à moi..

ISABELLE, *avec mépris.* A vous! qui avez dépouillé don Fernand de sa dignité, et qui, sans doute, au fond du cœur, vous réjouissez de sa mort!

FRAQUILLO. Me réjouir? que Dieu vous pardonne, senorita!.. Vous avez donc oublié les paroles qui viennent de sortir de la bouche de notre gracieux souverain? « Demain, à six heures du soir, je veux avoir » pendu au bras de ce gibet, ou l'assassin » de don Fernand, ou le corrégidor qui » n'aura pas su le découvrir. » Ainsi je

soutiens que si ce damné bandit se cache jusqu'à demain soir, il m'aura joué un tour plus perfide encore qu'à vous-même! Car soyons de bon compte, il ne vous a privée que d'un amant...

ISABELLE. Seigneur!....

FRAQUILLO. Je sais bien que c'est désagréable... mais après tout, ça se remplace, ça peut se remplacer du moins..... Tandis que moi, senorita, il me prive de la vie, chose à laquelle je tiens d'autant plus que ça ne se remplace guère... Parlez, quelle figure avait le coquin?

ISABELLE. Je n'ai pu le voir, seigneur.

FRAQUILLO. Le drôle n'a pu cacher sa taille, sa tournure, la couleur de ses habits?

ISABELLE. Tout ce que je me rappelle, seigneur, c'est qu'il était vêtu de noir; l'obscurité de la rue et mon effroi ne m'ont pas permis de remarquer si sa taille était petite ou élevée, si sa tournure était celle d'un gentilhomme ou d'un manant.

FRAQUILLO, *dépité.* Hé! par saint François! à quoi rêviez-vous donc tandis qu'on tuait votre amoureux?..... Que diable voulez-vous que nous fassions avec des renseignemens pareils?.. Mais, dites-moi, (*il réfléchit.*) connaissez-vous quelque ennemi à don Fernand?

ISABELLE. Aucun.

FRAQUILLO. Tant pis! mais là, franchement... de vous à moi, n'avait-il pas quelque rival?

ISABELLE. Non, seigneur.

FRAQUILLO. Tant pis!... Pourtant, senora, il m'est revenu que votre respectable père l'avait congédié gracieusement le jour même de sa destitution.

ISABELLE. Cela est vrai.

FRAQUILLO. En conséquence, le seigneur Bringas vous destinait un autre mari.

ISABELLE. Je l'ignore.

FRAQUILLO. Il avait défendu à don Fernand de vous revoir, même sous vos fenêtres?

ISABELLE. Hélas! oui.

FRAQUILLO Et don Fernand vous donnait des sérénades... Bien! bien! très-bien! (*Il se lève et parcourt la scène à grands pas.*) Je tiens le fil de cette ténébreuse affaire... je suis sur la trace... je suis sur la trace... (*Aux alguazils.*) Reconduisez la senora chez elle... Allez, senorita, vous serez vengée... Mais j'aperçois le seigneur don Bringas. (*A part.*) Je tiens mon coupable!...

> Isabelle sort.

SCENE V.

FRAQUILLO, BRINGAS.

BRINGAS, *avec humeur.* Je me rends à vos ordres, maître, que voulez-vous de moi ?

FRAQUILLO. Mais apparemment, maître, je vous ai fait amener ici pour vous l'apprendre... Donnez-vous la peine de vous asseoir...

BRINGAS. Je veux rester debout.

FRAQUILLO. En effet, c'est la position qui convient à tout citoyen bien appris en présence du premier dignitaire de la province. (*Bringas s'assied.*) A votre aise, maître Bringas, je ne veux pas vous chicaner sur des misères.... N'allons pas par quatre chemins, arrivons droit au but... Le jour où don Fernand a cessé d'être corrégidor, vous avez gentiment fermé votre porte au nez de ce gentilhomme...... c'est dans l'ordre...

BRINGAS. Que vous importe, senor corrégidor, ce qui se passe dans ma famille ?

FRAQUILLO. Dans votre famille, seigneur Bringas, à la bonne heure, mais ce qui se passe devant votre maison, à onze heures de nuit, cela commence à me regarder un peu.

BRINGAS. Que voulez-vous dire ?

FRAQUILLO, *à part.* Il se trouble... c'est le meurtrier...

BRINGAS. Prétendriez-vous me rendre responsable de la fin malheureuse de don Fernand ?

FRAQUILLO. Nous allons voir cela... don Fernand, congédié par vous, n'a pas pour cela, renoncé à son amour; au contraire... c'est dans l'ordre... malgré votre défense, c'est-à-dire à cause même de votre défense, il a donné des sérénades à votre fille, il a cherché à l'entretenir le soir... c'est toujours dans l'ordre... Et vous, fâché de cette désobéissance, n'auriez-vous pas, seigneur de Bringas... (*Avec importance et lenteur.*) N'auriez-vous pas, par aventure, pensé qu'un bon coup d'épée, bien appliqué !...

BRINGAS, *en bondissant sur sa chaise.* Moi !

FRAQUILLO. Ecoutez donc, c'est toujours dans l'ordre.

BRINGAS, *furieux et épouvanté.* M'accuser d'un meurtre, moi !-moi !

FRAQUILLO. Pas précisément; mais un homme qui de sang-froid et avec plaisir voyait mourir de faim toute la population de Séville, cinquante mille créatures, plus ou moins, et cela pour quelques pistoles, ce qui serait arrivé si je n'avais pas eu votre secret... Un homme comme vous, seigneur Bringas, peut très-bien se défaire sans scrupule d'un amant de sa fille... quand cet amant destitué s'obstine à la poursuivre d'un amour sans avantage pour le père... Qu'en dites-vous ?

BRINGAS. Je dis que votre supposition est une infamie.

FRAQUILLO. Mais... mais il me semble que c'est toujours parfaitement dans l'ordre...

BRINGAS. Mais il faudrait aussi que je ne pusse pas prouver, par le témoignage de mes gens, que je dormais au moment où le crime a été commis...

FRAQUILLO, *désespéré, à part.* Là ! il dormait, il le prouvera par des témoins !... (*Haut.*) C'est ce que nous verrons... plus tard !... Que faire ?... (*Aux alguazils.*) Conduisez le seigneur chez lui, et veillez à ce qu'il n'en sorte pas.

SCENE VI.

FRAQUILLO, ALGUAZILS, *au fond.*

FRAQUILLO, *avec désespoir.* Pas de coupable ! pas de coupable !... c'est jouer de malheur... Et ces gens tremblans qui me regardent... est-ce qu'ils se douteraient que je ne sais plus où donner de la tête ? Qu'est-ce que je pourrais bien imaginer ?... J'y suis, faisons arrêter tout le monde, c'est un moyen infaillible de mettre la main sur le coupable; car il y a un coupable, c'est un fait... Il ne s'agit que de le trouver... je le trouverai... et le premier passant... juste en voilà un... (*Aux alguazils.*) Holà ! mes amis, empoignez-moi ce gaillard-là. (*Les alguazils exécutent l'ordre.*) Nous allons voir si on échappe à ma perspicacité...

SCENE VII.

LES MÊMES, PEREZ, *amené par les alguazils.*

FRAQUILLO. Tenez-le ferme !..... c'est lui ! c'est le meurtrier... Ah ! mon drôle ! (*Il le serre au collet.*) Avoue ton crime..... c'est le plus court...

PEREZ. Caramba !..... tu m'étrangles, Fraquillo... Quel diable de crime veux-tu que j'avoue ?

FRAQUILLO. Je ne suis point Fraquillo ! je suis le corrégidor, chargé de la justice, et je vais te faire prendre à l'instant même, si tu ne m'avoues que c'est toi qui as tué don Fernand !

PEREZ. Quel conte !

FRAQUILLO. Don Fernand Herrera.

PEREZ. Santa madona! l'ami Fraquillo est devenu fou, les grandeurs, lui ont tourné la tête.

FRAQUILLO, *radouci en reconnaissant Perez.* Hélas! je le crains... c'est Perez Cruciato, l'armurier, le plus doux, le plus inoffensif de tous les habitans de Séville... il n'a jamais touché à un poignard, à une dague que pour les fabriquer... Non, ce n'est pas là mon coupable. (*A Perez.*) Va-t'en si tu veux.... je me suis trompé.

PEREZ. Bien obligé...

SCENE VIII.

Les Mêmes, VELASQUEZ.

VELASQUEZ, *restant au fond.* Je viens, seigneur corrégidor, vous demander un sauf-conduit... puisqu'on ne peut sortir de la ville sans votre permission...

FRAQUILLO. Sortir de la ville..... Ah! vous voulez sortir de la ville?... Approchez, approchez donc un peu... (*Velasquez s'approche sur le devant de la scène.*) Et quel intérêt avez-vous pour sortir de la ville?

VELASQUEZ. Mes affaires, seigneur...

FRAQUILLO, *à part.* Il est troublé..... (*Haut.*) Et quels affaires, seigneur?

VELASQUEZ. Mais...

FRAQUILLO. Vous hésitez...

VELASQUEZ. Sachez qu'il y va de mes jours...

FRAQUILLO. De vos jours.... je le tiens... Ah! vous vouliez quitter Séville?.. Arrêtez-le... (*Velasquez s'effraye.*) Ne vous effrayez pas, c'est dans votre intérêt... Et si vous me faites un aveu bien franc, bien sincère... je vous promets de demander votre grâce au roi, ou du moins une commutation de peine...

VÉLASQUEZ. Ma grâce!... une peine... l'amnistie... que j'avoue?... Vous m'épouvantez, seigneur corrégidor...ne...ne... ne plaisantez donc pas comme ça.

FRAQUILLO. Voyons, voyons, je vous conseille de ne pas vous faire tirer l'oreille, la potence est plantée... et le seul moyen d'échapper est de convenir tout simplement du fait...

VELASQUEZ, *bégayant.* Une potence!... Mais... mais quel est donc l'attentat que j'ai commis?..

FRAQUILLO. L'attentat... il l'a dit lui-même!... Je sais tout... un corrégidor doit tout savoir... C'est vous qui avez, la dernière nuit, assassiné don Fernand Herrera. Convenez-en, allons! sinon... nous avons là des moyens fort simples... la question... la question ordinaire et extraordinaire... les tortures....

VELASQUEZ. Miséricorde! moi? moi? Mais, je suis arrivé de la campagne ce matin même... et je n'avais pas mis le pied à Séville depuis vingt jours... tout le monde ici peut vous l'attester.

LES ALGUAZILS. Oui, oui, c'est vrai.

TOUS. C'est vrai, c'est vrai.

FRAQUILLO. Comment! c'est vrai?... Vous déposez contre moi... contre votre corrégidor... tout le monde me trahit donc ici? c'est à en perdre la raison. Ah! misérables, vous vous liguez tous contre moi!... (*Ils veulent se sauver. Furieux.*) Je vous ferai pendre tous... non... eh bien! non... je ne vous ferai pas pendre... mais dites-moi où il est, puisque vous savez où il se cache... (*A Velasquez.*) Tenez, vous.... oh! dites le moi... je vous en prie. (*Il pleure.*) Conduisez-moi vers lui... je m'abandonne à vous... je vous suivrai où vous voudrez...

PEREZ. Il devient fou...

FRAQUILLO. Hein? qui a parlé?... chut! c'est lui... nous allons le prendre... J'y vais, j'y vais seul... je le tiens... (*Il se prend le poignet.*) A moi! à moi! main forte!... Ah! scélérat!... infâme! assassin! tu résistes... Attends, attends!... je vais t'étrangler moi-même... (*Il se prend à la gorge.*) Tiens... tiens... Ah!... ah!...

Il tombe épuisé.

ACTE TROISIÈME.

Le théâtre représente la même place qu'au premier acte.

SCÈNE PREMIÈRE.

FRAQUILLO, *seul, devant son échoppe.*

Pas de coupable! pas le plus léger indice ne vient soulever le voile qui couvre cet impénétrable mystère... Ah! mes alguazils... je serai vengé de votre négligence!... mais en mourrai-je moins!... O mon pauvre réduit où je vivais si gai, si heureux, si tranquille; par quel sort fatal t'ai-je quitté!... Je chantais là! insouciant de la veille, ne cherchant jamais à prévoir le lendemain... Je dormais là!...

SCÈNE II.

FRAQUILLO, PAQUITA, *qui a entendu les dernières paroles.*

PAQUITA. Bonjour, seigneur corrégidor, j'ai été à votre palais sans vous y trouver.

FRAQUILLO. Et tu es revenue à ma barraque : m'y voici.

PAQUITA. Je venais chercher ce doublon d'or par lequel vous soutenez ma vie...

FRAQUILLO. Tiens! pauvre Paquita... (*A part*,) C'est sans doute la dernière fois que je lui donne!...

PAQUITA. Merci, seigneur... Mais pourquoi ne vous ai-je pas trouvé ce matin, comme de coutume? Pourquoi détournez-vous la tête, Manuel? pourquoi cet abattement extrême, ce sombre désespoir?

FRAQUILLO. Pourquoi!... parce que don Fernand Herrera a été tué...

PAQUITA. Don Fernand, mort!

FRAQUILLO. Assassiné... sous les fenêtres de dona Isabelle.

PAQUITA, *abattue.* Assassiné! sous les fenêtres de cette femme!

FRAQUILLO. Oui! et parce que don Fernand a été tué, il faut que je sois pendu...

PAQUITA, *vivement.* Toi!

FRAQUILLO. C'est un caprice de notre bon roi, il n'y a pas moyen d'en échapper.

PAQUITA. Le roi ordonne ta mort?

FRAQUILLO. Oui, si je ne trouve pas avant le coucher du soleil le meurtrier de mon prédécesseur, ma personne figurera au gibet, sur la grande place, en guise de l'assassin.

PAQUITA. C'est impossible!

FRAQUILLO. Ah çà! où vis-tu, pauvre fille? tu ne sais rien de ce qui se passe...

PAQUITA. Depuis que je ne mendie plus, grâce à ta générosité, Manuel, depuis que j'ai un asile, un coin pour m'abriter, j'y reste, triste, pensive, à prier Dieu!... Seulement, la nuit, quand tout est calme et silencieux, Paquita se promène...

FRAQUILLO. Malgré ma défense... tu es incorrigible... Eh bien! sache que notre gracieux souverain veut que ce soir, à six heures, il y ait un homme de pendu!... l'assassin de don Fernand ou moi.

PAQUITA, *rêvant.* Don Fernand tué..... sous les fenêtres de dona Isabella.

FRAQUILLO. Hélas! oui.

PAQUITA. Et quand?

FRAQUILLO. Avant-hier.

PAQUITA. A onze heures?

FRAQUILLO. Précisément...

PAQUITA. Et le meurtrier a fui?..

FRAQUILLO. Je crois qu'il court encore.

PAQUITA. Du côté de l'église de sainte-Marie?

FRAQUILLO. C'était son meilleur chemin, pour disparaître dans les ruelles...

PAQUITA. Réjouis-toi, Manuel, tu vivras!

FRAQUILLO. Je vivrai! Allons, allons! ne me donne point de ces idées-là... Un tel espoir, s'il était déçu, me tuerait infailliblement.

PAQUITA. Réjouis-toi, te dis-je... et pour t'y aider... écoute-moi!

FRAQUILLO. Mais me trouveras-tu mon assassin?

PAQUITA. Écoute : Avant-hier, à onze heures du soir, après que tu m'eus quittée, j'étais sur les marches de Sainte-Marie, lorsque j'entendis un grand bruit et des cris... au même instant un cavalier vêtu de noir passa rapidement devant moi sans me voir...

FRAQUILLO. C'était mon meurtrier... Paquita! Paquita!... tu as vu sa figure?

PAQUITA. Non, il fuyait...

FRAQUILLO. Tu l'as reconnu à sa taille?

PAQUITA. Non, la taille était cachée dans un manteau.

FRAQUILLO. Il a donc laissé tomber en courant quelque objet qui l'aura trahi?

PAQUITA. Non...

FRAQUILLO. Ah! je suis rependu... Mais que vois-je?... Le roi!... oui, le roi, il s'avance... Où me cacher? oh! ma baraque, protége le pauvre corrégidor!

Il ouvre la porte, et il entre avec Paquita; ils tiennent la fenêtre entr'ouverte.

SCENE III.

DON PEDRO, un Officier, **FRAQUILLO** *et* **PAQUITA** *dans l'échoppe.*

PAQUITA, *bas.* Il se dirige de ce côté..... Écoute bien... n'entends-tu pas un bruit singulier?

FRAQUILLO, *bas.* Si fait, un claquement bien distinct, bien sonore; il s'augmente à mesure que le roi s'approche de nous...

PAQUITA. Silence..... n'allons pas nous trahir!

Le roi s'est avancé jusqu'auprès de la barraque.

DON PEDRO, *à l'officier.* N'est-ce pas là que vivait ce pauvre savetier Fraquillo? Oui, je reconnais cette place... Je n'étais pas si tranquille la première fois que j'y vins... et le corrégidor improvisé m'a rendu un grand service.

FRAQUILLO, *bas.* On pourrait croire qu'il en a perdu le souvenir.

DON PEDRO. Mais son élévation fait murmurer... Le noble est rancunier, c'est une vertu que je ne lui connaissais pas... Mes gentilshommes me boudent, ils ne peuvent pas s'accoutumer à l'idée de voir dans le palais du corrégidor le pauvre hère qui habitait cette bicoque. Grâce au ciel, une occasion s'est présentée de tout arranger à la satisfaction générale. Fraquillo sera pendu.... Je cède ainsi sans en avoir l'air... je me conserve la bonne humeur des grands et je n'ai plus à craindre les petits... tout est bien..... Le meurtrier de don Fernand ne tombera pas entre les mains de la justice. (*A l'officier.*) J'entre dans cette église, que mes gens viennent m'y rejoindre.

L'officier sort. Il entre dans l'église.

SCENE IV.

FRAQUILLO, PAQUITA.

FRAQUILLO. Mon assassin, mon meurtrier! je le veux, tu me l'as promis, Paquita.

PAQUITA. Vous l'aurez, seigneur corrégidor.

FRAQUILLO. Je ne serai tranquille que quand je lui mettrai la main sur l'épaule.

PAQUITA. Ce sera difficile.

FRAQUILLO. Explique-toi, de grâce... rends-moi la vie.

PAQUITA, *bas.* Tu as bien entendu ce claquement de la jambe gauche du roi?...

FRAQUILLO. A merveille... mais c'est la tête de mon coupable qu'il me faut.

PAQUITA. Tu es bien pressé... écoute-moi, te dis-je... Je t'ai dit que le prince, âgé de treize mois, mordit le sein de la comtesse de Penafiel...

FRAQUILLO. Oui, par méchanceté.

PAQUITA. La douleur qu'elle en ressentit fut si déchirante qu'elle laissa tomber de ses bras le royal enfant. Dans sa chute, il se démit la jambe: on le guérit bien, il ne boita pas; mais il est resté à don Pedro le Cruel une infirmité singulière, c'est le bruit qu'il produit à chaque pas.

FRAQUILLO. Mais mon coupable, Paquita, mon coupable!

PAQUITA. Sois sans crainte, aie du courage, et surtout de l'audace... don Pedro va venir... fais le roi, mais avec dignité.. je suis là, près de toi... suis tous mes conseils... fais exécuter mes ordres.

FRAQUILLO. Ne m'abandonne pas, tu es mon ange tutélaire...

SCENE V.

Les Mêmes, **DON PEDRO**, **les Grands**, **les Alguazils**, **Peuple.**

DON PEDRO. Eh bien! maître, voici l'heure! le peuple va se porter en foule au pied du gibet... le bourreau demande si vous êtes prêt à lui livrer une tête?

PAQUITA, *bas.* Oui.

FRAQUILLO, *avec calme.* Oui, monseigneur.

DON PEDRO, *étonné.* La tienne, sans doute?

PAQUITA, *bas.* Non.

FRAQUILLO. Non, monseigneur.

DON PEDRO, *avec un mouvement de colère.* Mais quelle autre donc?

PAQUITA, *bas.* Celle de l'assassin.

FRAQUILLO. Celle de l'assassin de don Fernand Herrera.

DON PEDRO. Hein! tu as découvert?...

FRAQUILLO. Rien n'échappe à l'œil d'un corrégidor.

DON PEDRO. Faites pendre votre homme... Et, vive Dieu! si ce n'est pas le véritable coupable, je vous jure que vous le suivrez de près...

PAQUITA. Sois sans crainte.

FRAQUILLO. C'est juste, sire... Et si le patient est réellement le meurtrier de don Fernand, vous me promettez la vie sauve?

DON PEDRO. Je te promets la vie sauve, et t'accorde de plus tout ce que tu me demanderas...

FRAQUILLO. Merci, majesté; mais daignez répéter cette promesse en présence de vos officiers...

DON PEDRO. En présence du ciel et de l'enfer!...

FRAQUILLO, *bas à Paquita*. Ah! Paquita! Paquita!... j'ai compté sur toi...

PAQUITA. Viens, suis-moi... tu sauras tout.

Ils sortent.

FRAQUILLO, *au roi*. Je vais remplir mes fonctions, monseigneur... la justice sera rendue en votre nom, et selon votre désir, l'assassin sera pendu...

SCÈNE VI.

LES MÊMES, *excepté* FRAQUILLO *et* PAQUITA.

DON PEDRO. Il cherche à m'en imposer par un calme apparent... Que va-t-il faire?... le drôle est rusé... mais s'il espère surprendre ma bonne foi et livrer à la mort un innocent, qu'il tremble! son supplice sera terrible... à mesure que l'heure approche, je me sens agité d'un trouble involontaire... et les minutes me semblent des siècles... Le pauvre don Fernand eut plus de courage que de science... il osa tirer son épée sur ma personne royale... il est mort... il a reçu la punition de son crime. Pourquoi suis-je inquiet? inquiet! non... on m'observe, je crois?... Est-ce qu'ils chercheraient à lire sur mon visage ce qui se passe en moi... (*On entend un murmure sourd au dehors.*) Quel est ce bruit?.. n'entends-je pas des cris de mort?.. qu'y a-t-il?.. le peuple!.. le peuple, que veut-il? (*A lui-même.*) Ah! si ce corrégidor, usant de sa popularité, échappait à ma vengeance en soulevant ses concitoyens dont il calmait la faim il y a si peu de temps... quel est donc ce mouvement secret de crainte et de terreur qui s'empare de mon ame?... Le bruit augmente... à moi! à moi mon droit et mon audace... (*Aux grands.*) Si l'on s'insurge, châtions les mutins... (*Il regarde et revient de ce mouvement de crainte.*) C'est la foule qui réclame son spectacle... fou que j'étais!... ils sont heureux, les habitans de Séville, on doit pendre un coupable, que sera-ce donc pour le corrégidor?

SCÈNE VII.

LES MÊMES, FRAQUILLO.

Le cortège s'avance; on voit les gardes faire ranger la foule; viennent les alguazils, puis le corrégidor; puis, entre des soldats, un large brancard recouvert de drap noir, sur le condamné couvert d'un voile noir, il est soutenu par le bourreau et un de ses valets.

DON PEDRO, *à lui-même*. Un homme!... il va livrer un homme à la mort!... comme meurtrier de don Fernand Herrera!.. A moi! (*Il appelle un officier.*) Que quatre de vos hallebardiers soient constamment auprès du corrégidor et s'assurent de sa personne au moindre signal... Que le bourreau ne quitte pas la place avant d'en avoir reçu ma permission... Quel silence! il m'impose, et je ne sais ce que j'éprouve... Vais-je laisser périr cet homme? mais je veux punir un traître.

FRAQUILLO. Peuple, respect à la justice du roi!

DON PEDRO. La justice du roi, tu vas la connaître, infâme!

UNE VOIX. Priez pour les mourans....

DON PEDRO. Un moment!.. que l'exécution soit suspendue... gardes, emparez-vous du corrégidor, amenez-moi ce traître.

SCÈNE VIII.

LES MÊMES, PAQUITA.

PAQUITA, *bas*. Mon Dieu! soutiens son courage!

DON PEDRO, *en modérant sa colère*. Maître Fraquillo, comment osez-vous envoyer un homme à la mort sans m'avoir présenté la sentence?

FRAQUILLO. La sentence, la voici.

DON PEDRO, *furieux*. Mais elle ne porte pas le nom du coupable. Le nom de ce patient, je veux le connaître. La preuve de son crime, je veux l'avoir.

FRAQUILLO, *bas au roi*. L'auteur du meurtre s'est dénoncé lui-même par le bruit de ses pas... Signez, monseigneur le nom du coupable y sera.

DON PEDRO. Mais, sous ce voile?...

FRAQUILLO. Un mannequin, sans volonté, sans puissance... sans génie, le peuple n'aurait pas reconnu don Pedro, roi de Castille et de Léon.

DON PEDRO. Sais-tu bien que je pourrais?

FRAQUILLO. Tenir votre serment, sire et j'y compte.

DON PEDRO. Que me demandes-tu?

FRAQUILLO. Ma démission.

DON PEDRO. Je te l'accorde; mais peuple attend...

FRAQUILLO. Le peuple est facile à contenter... (*Au peuple.*) Peuple, le roi fait grâce

TOUS. Vive le roi!

DON PEDRO. La première grâce que j'accorde, c'est la mienne!... il faut se rendre aux vœux du peuple; il a crié: vive le roi

TOUS. Vive le roi!

FIN.

9 782012 786653